KB268626

추락한다는 것은

밀려 밀려 오는 밤 밀려
나뭇잎처럼 아니면 돌덩이처럼
영광의 꿈 속이거나 절망의 어둠 속에서
추락한다, 쭉쭉
속을 훤히 드러내놓고 절정으로 치닫는다
그 휘황찬란한 빛
자신의 내부에서 뿜어져 나오는
색깔 속으로 덤어져 내린 끝에
냄새를 닮는 것이다
그것은 탈주의 찬양
어딘가에 있는 다른 곳에 대한 송가다
색에서 색을 벗어나는 삶의 변이다
한 순간, 터지는

시인선 0132

창비

새하얀 거짓말

시작시인선 0132
새하얀 거짓말

찍은날 | 2011년 8월 15일
펴낸날 | 2011년 8월 20일

지은이 | 박종국
펴낸이 | 김태석
펴낸곳 | (주)천년의시작
등록번호 | 제300-2006-9호
등록일자 | 2006년 1월 10일

주소 | (우110-034) 서울시 종로구 창성동 158-2 2층
전화 | 02-723-8668
팩스 | 02-723-8630
홈페이지 | www.poempoem.com
전자우편 | poemsijak@hanmail.net

ⓒ박종국, 2011. printed in Seoul, Korea

ISBN 978-89-6021-161-2 03810
      978-89-6021-069-1 (세트)

새하얀 거짓말

박종국 시집

2011

■ 시인의 말

색의 변이는 색깔이고
색깔의 변이는 삶의 변이다
삶의 변이, 색채는
단순한 밀침과 당김으로, 때로는
번쩍이다 사라지는 빛으로
물체의 진동으로
산화와 중화로
끊임없이 결합하거나 분리하면서
현재를 움직이는
시시각각 자신의 모습을 드러내는
빛의 행위이자 고통이다
그것은 탈주의 찬양
어딘가에 있는 다른 곳에 대한 송가다
생명을 촉진시키는 자연의 언어다
정신을 기울이는 자에게 말하는 침묵,
빛이다

■ 차 례

■ 해 설

색

색은 죽지 않는다
다만, 새로워질 뿐이다

이러면 안 되는데
이러면 안 되는데, 하면서

시간의 흐름 위에 물결같이
물방울에서 물방울로
순간순간을 굽이치는, 영원이다

양철지붕, 그 집

양철지붕이 불그죽죽하다

기다리다 지친, 야속한 세월이 문드러진 것인지
한낮이면 가끔 밖으로 나와 한 시간 남짓 햇볕을 쬐는
그 집을 살아내는 외톨박이 할머니 굳은 표정 같다

뼈까지 삭아 내리는 고달픔, 거칠어진
삶이 고스란히 드러나 있다
지친 표정 역력한 삶이 참으로 팍팍하다 싶다

늙어빠지도록 꼼짝 않고,
집 떠난 자식 놈 기다리느라 눈보라 비바람 몰아치는
세월을 견딘,
썩어 문드러진 속이 그렇겠다 싶다

까치라도 우는 날이면
어김없이 쭈그리고 앉아 햇볕을 쬐는 할머니,
하염없는 무지근한 눈빛
절실함이 짙어지면 저렇겠다 싶은 색깔이다

어머니의 그림자

터진 먹구름 사이로 비치는 겨울 하늘
조각난 유리 같은 녹색을 띤 푸른색이었습니다

칼날에서 빛나는 섬광 같은 밝은 청색이었습니다
하늘보다 더 하늘색에 가까운
빛에 따라 다르게 빛나는 푸른빛이었습니다

걸레질로 닦고 또 닦던 대청마루같이
어릴 적 무릎 베고 누워 꿈꾸던 그 대청마루같이
어머니의 그림자는

글썽이다 사무치고
사무치다 글썽이는
절절한 색이었습니다

그 할머니의 바다

막다른 골목길에 쪼그리고 앉은
할머니
꼬부라진 등이 마른 새우 같다
그래도 바다를 꿈꾸는 듯
뜻대로 되지 않던,
세상살이 인생살이가 묻어나는
마른 웃음
파도에 밀려난 질긴 연명이 피식거린다
해변에 말라가는, 사람살이 끝에 앉아
악착같이 바다를 움켜쥐고 있는
잔인한 파도에 밀려 영혼까지 말라가는
독거노인 그 할머니
웅크린 등을 실타래 풀 듯 풀어내는
꼬불꼬불한 골목길, 그 끝에 앉은
할머니 무릎 밑이 바다다
꿈이 잔인하게 파도치는

시름하는 갈색

잎이 부르르 떨고 있다

잎자루 하나에 목매단 진저리
말라가는 공포, 긴장의 절반은 후회를 닮았다

섬유질만 남아 갈근거리는, 저 悔恨!

타다 남은 재라고 할까
파헤쳐진 메마른 흙이라고나 할까
짐작이 갈 듯한 체험 말하는 몸짓을 닮았다

숲을 지나고 계곡을 지나

이 도시 한 모퉁이에 외발 손수레 끌고 나타난
헌 종이상자 줍는 할머니 곱은 손끝에 맺힌 빛깔을 닮
았다

문득 문득 서러워지는
갈색, 경건한 삶이 아슬아슬하다

꽃그늘

꽃을 피우고 떠나가는 봄
시든 꽃잎 떨어져 있는 꽃그늘
젖은 향기 속에는
어둠을 녹여 어둠 속으로 사라지게 하는
고달픈 시간을 녹여 뜨거운 숨결로 흐르게 하는
잃어버린 여울이 있습니다
햇살은 쏟아지며 부서져 빛나는
물별들이 있습니다
어떤 것은 미소처럼 빛나고
어떤 것은 눈물처럼 반짝이는
물별들 읽어 주는
물결이 있습니다
흐를수록 미움처럼 사랑처럼 잔잔해지는
색깔, 색깔들
샘솟듯 눈물 흘리는 단순한 미소
소중하게 꽃잎 품어주는 그늘이 있습니다
짙어가는 여름은 꽃그늘의 선물입니다

달개비 꽃

달개비 꽃이 피었다
울타리 밑 응달진 곳에 푸른 꽃 피웠다
어두운 숲 속 한 마리 나비가 앉아
가끔씩 초록의 그물 틈으로 새어 들어오는 햇살
그 달콤한 환상에 취해
바르르 떨고 있듯이

구름 한 점 없는 새파란 하늘
주위에는 갖가지 색깔 꽃들이 피어 있다
진동하는 향기
팔랑팔랑 날아가는, 달개비 꽃
젖가슴처럼 다정한 소녀

햇살보다 더 밝고 부드러운 꿈
그날 밤 가슴 가득 채웠던 달빛
사랑은 세상에서 가장 아름다운 색깔을 선물했다
그 파란빛으로 장식한 달개비
나무그늘 아래서 애무하는 연인같이
꽃받침은 꽃의 작은 꿈을 감싸고 있다

푸른 동산

꿈속에서 나는 푸른 동산을 걸었습니다
온통 초록으로 펼쳐진 참으로 평화로운 빛깔 속에
붉은 꽃은 붉은 빛을 내고 푸른 꽃은 푸른 빛을 내고
노란 꽃은 노란 빛을, 하얀 꽃은 흰 빛을
제 색깔 제 빛을 내고 있었습니다
잘 어우러진 꽃 빛은, 천상에만 핀다고 하는
만다라같이 눈부시게 빛났습니다
신비스러운 빛깔 가락에 흠뻑 취한 나는
초점을 잃고 무아경으로 하강했습니다
끊길 듯 이어지는 천상의 음과 율에 맞춰
새들은 숲 속에서 노래를 불렀고
바람은 잔물결같이 부드럽게 속삭였습니다
속삭임은 수없이 다양한 색깔을 만들고
색은 물상으로부터 풀려나와 빛깔을 만들고 있었습니다
도저히 있을 것 같지 않은, 눈에 보이는 빛, 빛깔들
보석같이 스스로 빛나는 찬란함이 날것처럼 생생했습
니다
온통 초록으로 펼쳐진 풀잎을 배경으로
아주 차분하게 자족하는 빛깔들
바라보는 것만으로도 꿈이었음을 깨닫는

꿈속에서 걸어 나온, 나는
밭둑 은행나무 그늘에 누워 있었습니다

색깔을 믿는다

나무가 흔들리고 풀잎이 흔들린다
한꺼번에 흔들린다
길들여지지 않은 야성 같은 흔들림
나는 그들의 흔들림,
야성을 믿는다, 색깔을 믿는다
수천 수백억 년을 살아낸 힘
그 색깔 속에는
쉴새없이 노래 부르는 산새들
이슬 맺힌 풀잎 영롱함이 피운 갖가지 꽃향기
바람과 비, 그리고 계곡을 흐르는
한 치의 빈틈도 없이 잘 어우러진
색깔들이 살아 있어 믿는다

구석구석 생명으로 가득 차 있는
믿을 수 없을 만큼 활기찬 그 무엇이
떨림이 심장을 두근거리게 하는
지금, 여기 내가 서 있는 이곳이
나의 집 내 고향이란 믿음을 준다
야성, 살아 있는 색깔을 믿는 나에게
아직도 나무들과 풀잎은

청록색의 색조를 퍼뜨리고 있다

수정 고드름

아직도 거기
초가집 추녀 끝에서 반짝이고 있을까
제 몸을 녹여 길을 내고 있을까
하얀 눈을 녹여 만든 창같이
금방이라도 찌를 듯 반짝이는
그것을 수정 같은
고드름이라고 말하는 사람들
아직도 거기
제 몸을 다 녹인 눈물로 길을 내고 있을까
아침마다 첫 햇살에 반짝이고 있을까
내게는 뜨거운 숨결로 남아 있는
수정 고드름, 아직도 거기
흔들리는 한 소년을 집어 삼키고 있을까
수정같이 맑은 눈물 떨구는 소리에 봄은 깨어나
꽃을 피우고 있을까

무지렁이

씨멘트 길바닥 위를
지렁이 한 마리 꿈틀꿈틀 기어간다
뜨거운 햇빛 힘에 겨운 듯
자꾸만 달라붙는 모래 톨이 피를 말리는 듯
점점 검붉어진다
저러다 죽지 싶은 색깔이다
앞날이 뻔한 길, 한 줌 흙 찾아가는
기막힌 생이 벌리는 안타까움이다
누군가 옮겨주거나
길 안내 하지 않으면 금방 죽을 것 같은
제 살 길 하나 가늠하지 못하는
무지렁이의 길, 길바닥에 일어난 일이다

이런 일이 매일같이 벌어지는
시꺼먼 길바닥, 그 길이 내 길인 나는
아무에게도 보이고 싶지 않은
퇴근하면 반갑다고 나보다 더 큰 손으로
씨발 놈 하며 느닷없이 귀싸대기를 때리는
검붉은 무지렁이 부르며 산다.
지렁아! 지렁아!

둥근 달

낮에는 남의 땅 일구고 밤에는 제 땅을 일구던 머슴, 동식이가 생각나는 밤이면 어김없이 둥근 달이 떴습니다. 이런 밤마다 이 땅의 토박이라는 것을 입증하듯, 뒷동산 참나무에 기대앉아 한바탕 통소를 불어 재치는, 그 달빛은 얼마나 많은 이야기를 하는지, 그의 등에 엎혀 잠든 내 꿈속까지 스며들어 아득한 노래를 불렀습니다. 달빛을 맞으며 나는 옥수수처럼 무럭무럭 자랐고, 별들은 풀잎에서 반짝였습니다. 가지각색으로 반짝이는 별들의 떨림, 우주의 현을 퉁기는 가야금 소리 같은, 숲 속의 모든 잎사귀들과 이야기를 나누는 달빛, 동식이가 하염없이 부는 통소, 먼 길 가는 소리였습니다. 새로이 앉을 자리를 찾는 새같이 날개 치는 소리였습니다. 그 때나 지금이나 한결같은 동식이 등짝같이 둥근 달, 달빛이 노란 밤에는 보지 않아도 보이는 날이 가고 해가 갑니다.

색은

어느 것 하나, 같은 색깔은 없다
서로 다른 색깔로 살아갈 수밖에 없는
이 세상,
보고 듣고 냄새 맡고 만질 수 있게 하는
빛 속에서 살아가고 있는, 색은.
마치 꿈 같고 환상 같아 잡히지 않는 마음 같다
무엇을 하든 무엇을 생각하든
거기에 언제나 놓여 있어
행동의 기반인 한없는 빛, 빛이 그대로 색이다
밝음과 어둠의 대립,
색깔의 변이를 살아가면서
그렇치 그렇치
세계가 세계를
자기가 자기를 알게 하는
한꺼번에 말하는 끝없이 아름다운 비밀,
생명공간의 작용이다

그 홀로그램 곁에는

언제나 그의 곁에는
많은 사람들이 모여 들었습니다
그 홀로그램 곁으로 모여든다는 것은
보는 시각에 따라 달리 보이는
애매함 때문이라는 것을
너무도 잘 아는 나는
어떤 색깔이라고 말할 수 없는, 그 색깔은
사람이 헤아릴 수 없는
마음을 가졌을 거라고 생각했습니다
홀로그램이 현란하게 빛난다는 것은
제 몸에 수많은 반사각을 가지고 있어
그에게 꼭 필요한 에너지만을 골라서 흡수한,
피사체의 입체상이라는 것을
제 빛이 아닌 모여든 사람들의 후광이라는 것을
늘 허기진 그의 눈빛에는
빛내고 싶은 색깔이 너무도 많아
외로움인 줄 모르는 외로움이
현란하게 빛나고 있다는 것을
너무도 잘 아는 나에게는
가까이 하기엔 너무 먼 색깔입니다

II

추락한다는 것은

머리 먼저 또는 발 먼저
나뭇잎처럼 아니면 돌덩이처럼
영광의 불 속이거나 절망의 어둠 속에서
추락한다, 폭죽
속을 훤히 드러내놓고 절정으로 치닫는다
그 휘황찬란한 빛
자신의 내부에서 뿜어져 나오는
색깔 속으로 떨어져 내린 꿈에
날개를 다는 것이다
그것은 탈주의 찬양
어딘가에 있는 다른 곳에 대한 송가다
색에서 색으로 벗어나는 삶의 변이다
한 순간, 터지는

꽃잎 지는 소리

헝클어진 머리칼에서 들리는
풍금 소리, 피고 지는 꽃
속속들이 낯익은 슬픔 속에 살아나는
상처를 울리고 웃긴다
어떤 색으로 살아야 하나
이 색도 아니고 저 색도 아니다
아니다아니다
여물통에 빠진 개꿀이 된 나를 슬퍼하듯, 색은
아름다운 꽃들을 피워 보이고
그 아름다움의 쓰임새, 씨도 껍질도 없는
갖가지 색깔을 보여준다
가장 최근에 핀 꽃을
가장 생생하고 아름답게 하면서

색깔을 만들고 또 만드는 동안
꽃잎 지는 소리
에 헤라 데야

빛깔이 절경이다

결사적이다
덩어리로 밀려오는
밝음과 어둠의 대립은 색깔을 낳고
풀잎을 낳고 나무를 낳고 사람을 낳고
낳고 낳느라 용쓰는 것들
어떤 결말이라도 낼 듯
어느 것 하나 어느 누구 하나 만만치가 않다
빛깔처럼 만질 수도 표현할 수도 없는
그런 것이 끓는다, 앓고 있어 아파하는
그 격랑 위에 뜨는 무지개
무지갯빛으로 반짝이는 산과 들
현란하다 그 어떤 것도 아프지 않은 것 같다
아파하지 않는 저 풍광, 내 생명에 깃든
거칠고 어긋난 모든 것들을 지운다
갖가지 새로운 색깔로 뒤덮는,
계속 번지는, 생각이
빛깔이 절경이다

그 집, 뒤안

봄볕은 짙어서 꽃가지 어우러지는데
뒷문, 댓돌 위에
코고무신 한 켤레와 큼직한 신 한 켤레
가지런히 놓여 있었습니다

장독대 위에는
갓 담은 장, 간이 배느라 보글보글 끓어오르는데
처마 귀 풍경 소리 이어졌다 끊어졌다

장독, 돈대 밑에는
영산홍 모란이 피어나는데
마음 놓고 몸 매무새 고치는 화사한 어머니가 있었습니다

방문이 꼭 잠긴 대낮이 밤중처럼 고요했습니다
한때, 그 집 뒤안에서는

항아리

참 못생겼습니다
지지리도 못나고 착한
은근하고도 정다운 장독대 항아리
그리 서러운 것도 그리 즐거운 것도 없이
함께 웃고 살아 왔다는 듯
해묵은 놈일수록 점잖아 보이고
행주질을 많이 받은 놈일수록 길이 들어
윤기가 나는 소리 없는 빛
색깔로 표정 나타내는 얼굴들입니다
마음 놓고 몸 매무새를 고치던 어머니의 뒤뜰
양지 바른 곳에 자리잡고 있습니다
크고 작은 항아리 줄지어 앉아 풍기는
장 내음만으로도 한숨을 돌리던 어머니
별이 총총한 밤하늘 비춰보던
거울 같은 항아리, 숨 쉬는 항아리
그 색깔 속에는
정한수 한 그릇 장독대에 바쳐놓고
두 손 모아 비는
절절한 소원 반들반들 빛납니다

노란 샤쓰 입은,

눈물, 부질없이 눈물 흘립니다
노오~란 샤쓰 입은…… 하고
질퍽질퍽한 시장바닥을 흐르며 번지고 얼룩지며 스며
드는
노래를 듣다 눈물 흘립니다

검은 폐타이어 조각을 댄 다리를 질질 끌며
한 손은 바닥을 한 손은 잡화 손수레 밀며 나아가는
손과 발의 쓸모가 뒤엉킨, 말 없는 그 사내

그 사내가 불러일으키는 침묵, 가버린 날들
누릿누릿 빛바랜 샤쓰에 고스란히 살아 있는
때 절은 눈빛, 어둠 속에서 빛나는 램프처럼
아슬아슬 생의 좁은 골목을 빠져 나가는 오늘의 주인공
처럼
노래를 틀고 지나갑니다

누구에게도 내어 줄 수 없는 누구도 도울 수 없는
풋나무가 타들어가듯 몸을 뒤트는 땀방울은
빛을 향한 몸짓, 소망이 만든 물결 같습니다

생의 바닥을 치며 땀방울 씻어 내리는
그 독기, 흐릿한 내 눈에 비치는 한 가닥 빛입니다
두 손이 두 발인 그 불빛,
조심조심 또 조심 밀며 나아가는 그 사내,

그 사내가 나는 좋아 어쩐지 나는 좋아
질퍽질퍽한 시장바닥을 흐르며 번지고 얼룩지며 스며
드는
노래를 듣다 눈물,
부질없이 눈물 흘립니다

그의 열 손가락

끼고 있는 목장갑, 색깔이 얼룩지고 다 헤졌는데도
그 대금을 지불하지 못하고 있는
노동으로 투박해진 그의 열 손가락

움직이고 있지만 남의 색깔에 묻혀, 죽은 목숨이나 다
름없는
막연한 불안, 숨이 차 헐떡거리는
단순한 기계 이외에 아무것도 될 시간이 없어 보입니다

힘든 노동에 제 색깔 빼앗긴, 굳은살 박힌 손
이미 끝내버린 식사대도 지불하지 못하고 있는

가슴에다 깊고도 슬픈 웅덩이 파 놓고는
시뻘겋게 달아오른 굽은 등 그 속으로 밀어 넣고 있었
습니다
가난에 찌들린 손가락 혹시나 하고
파란 하늘이 무너지기만을 바라는 악매인 색깔이었습
니다

글 없는 책

한 마리라도 더 팔려고 하는
비린내가 진동하는, 삶의 현장
질퍽한 시장 바닥은 대낮에도 어둡고 음습해서
강한 집착, 의지만으로 하루하루를 끌고 가는
하늘로 머리만 꼿꼿히 세우는, 뿌리 깊은 넝쿨들이
숲을 이룬 정글을 연상케 한다
앞만 보고 뻗쳐가는
삶의 독기가 짙은 시장 바닥 난장판이다
질퍽한 삶의 난장판에 좌판을 깔고
지긋한 아주머니 쭈그리고 앉아
비린내가 잔뜩 배어 있는 거스름돈을 거슬러 주고 있다
코를 막고 거스름돈을 받는 젊은 아낙에게
그 돈은 글 없는 책이여, 한 마디 하고는
싱싱한 은갈치가 싸요 싸
돋구는 목청 나이보다 질펀하다
완성을 찾는 여름의 뜨거운 숨결같이
왁자지껄한 삶이 짙푸르다 못해 거무틱틱했다

붉은 소금 꽃

헌 종이 상자 가득 실은 손수레 밀며 할머니 기어가듯
부지런히 간다. 돌부리 하나만 걸려도 와르르 무너질 것
같은 허술한 짐 밀며 끌려가는

끈질긴 참으로 끈질긴 연명같이 애타게 느린 걸음 재촉
하는 고갯짓, 잔뜩 꼬부라진 등의 할머니, 주름살에 맺힌
땀방울 소금 꽃 피운다

넘어지지 않으려고 손수레 밀며 버팅기는 길바닥이 삶
의 바탕인 듯 삼보일배 하듯 가는, 안간힘으로 생을 버티
는 묵언수행, 침묵이 저녁노을 붉게 물들이는, 가슴 뭉클
한 절망에 빛나는

붉은 빛에 젖는다. 얼마나 많은 속 색깔 끓이고 끓였으
면 저리도 붉은 빛이 날까 마음 다 태워버린 저 빛, 손자
손에 아이스크림 하나 쥐어 주는 사랑, 붉은 소금 꽃이다

감자

감자는 꽃을 따주어야
더 굵은 열매로 익어 간다는 것을
육십이 넘어서야
농사를 지으며 알았습니다
꽃을 따내는 슬픔은 약이 된다는 것을 알았습니다
시시때때로 찾아오는 슬픔 속에서
한 줄기 달콤한 향기를 맡기 시작한 나에게
뿌리 내리려 하는 사랑만큼이나
떠나려고 하는 이별, 그 향기는
내 가슴 들판에 펼쳐진 그 하늘 멀고 먼 어둠을
끊임없이 뜨거운 숨결로 바꾸어 놓고는
여름 내내 창가에서 산들거리며 속삭였고
우거진 숲과 만발한 꽃이 들판에서 노래를 불렀습니다
한 줄기 빛과 같이 감미로운 화음에 녹아든
들판은 황금빛 물결로 출렁거렸고
가지가 째지게 감은 빨갛게 익어
반가운 소식을 전하느라 까치는 정신없이 울었습니다
이렇게 가까운 곳에서 감자를 익히고 있는
그 향기가 내 것임을
내 가슴 깊이 피우던 꽃은 감자 꽃이라는 것을

육십이 넘어서야
감자 농사를 지으며 알았습니다

쓸쓸히 웃는다

농사일을 하다 보면
차라리 죽는 것이 낫겠다 싶은 때가 있다
하늘은 노랗다 못해 캄캄하고
모든 것이 시야에서 지워진 어둠은
죽음과도 같아서 물러설 자리가 없는
짧으면서도 아주 긴 순간이 있다, 그럴 때마다
농사일에 전심전력을 쏟아 붓는다
전심전력은 낫과 호미가 내 손아귀에 딱 들어맞게 한다
일손이 몸에 붙는다
오늘 하루해가 얼마나 남았는지
해야 할 일은 얼마나 남았는지, 생각 없이
놀이하듯 오로지 일의 삼매에 빠진다
하루 종일 일을 하고도 힘이 남아도는 나를 보면서, 나는
쓸쓸히 웃는다, 한줄기 감미로운 화음에 녹아든다
내 생명의 생명을 느끼면서 숨을 들이쉬고 내쉬고 한다
호흡은 온갖 장애물을 뚫고 나아가는 빛같이
소용돌이치는 어둠을 색깔로 하나하나 보여주고는
생명 한 가운데서 그지없이 즐거운 춤을 춘다

하늘색

하늘색은 먼지가 만든다
빛이 먼지에 의해 굴절된 색이다
아침햇살 가득한 가을하늘 바라보면
그리운 사람 얼굴이 생각나
눈시울 뜨거워지고
나뭇가지에 반짝이는 이슬방울
눈과 마음 적시는데, 마음 속
인기척 끊어진 내 안마당에는
오색 낙엽 그림처럼 안개비에 촉촉이 젖고 있다
해쓱한 얼굴로 반긴다
네 잘못은 다 잊었다는 듯
드러내는 속내 하늘같이 맑다
비바람에 씻기어 부드러워진 하늘
담장 안 나무들 담 너머 먼 산 바라보는
단청 같은 빛깔이다
세월에 씻긴 먼지가 굴절하는 해맑음
온갖 색채의 향연 펼쳐놓은
눈부시게 밝은 푸른색, 죄를 속죄하는
먼지들이 쉬엄쉬엄 언덕을 넘어가며 만들어낸 빛깔이다
때로는 시무룩하고 허전해하고

슬퍼하는 마음 거울같이 비춰주는
담장 넘고 언덕을 넘어가는
잘 익은 된장 냄새가 나는 빛깔이다

파랑은 악몽 언저리에 있다

눈에 즐거움을 주는
더 밝고 더 심오하게 다가오는
잘 조절된 색, 그들이 보내는
강렬한 응시에 사로잡힌 환각이 만들어내는 악몽
넋을 잃을만한 배경에는
언제나 파랑이 뒷받침하고 있다
어떤 색이건 멀어지면 흐려지면서 파란 빛을 띠듯
모든 색은 멀고도 깊은 공간 속으로 사라지듯
하늘의 배경이듯

꿈이 꿈이었음을 깨닫는 순간
마음에 간직하고 있는
흔들리지 않으려고 흔들리는 또 다른 꿈은
언제나 악몽 언저리에 있다

배꽃

봄볕 자지러지는
배밭에서 보았습니다

나는 듯 춤을 추는 듯 하롱거리다
거미줄에 걸린 꽃잎,
나비인 줄 알고
잽싸게 달려드는 거미를 보았습니다

배꼽을 잡고 깔깔거리며 지나가는
계집아이들을 보다가 바라보다가, 그만

껄껄껄 웃고 말았습니다

색채

사람은 사람으로 살고
호랑이는 호랑이로, 나무는 나무로
풀잎은 풀잎으로 살 수밖에 없듯
모든 것은 둘레 속에 갇혀 산다

벗어날 수 없는 둘레의 고통은
또 다른 굴레를 만들고
또 다른 굴레의 고통은 색깔을 만들고
색깔은 하루에도 수없이 색채를 바꾸며 산다

하루에도 셀 수 없이 생각을 바꾸는
색깔이 뿜어내는 색채;
지금, 나는 어떤 둘레로 태어나
어떤 둘레로 살아가고 있다는,
생생하게 삶을 나타내는
색깔 이야기다

색채는
색깔이 둘레로부터 자유로워지기 위해
몸부림치는 이야기

우리의 배경이다

성당에서

스테인드 글라스를 통해 색으로 바뀐 빛은 신의 영성 그 자체였다. 성당을 하느님 집으로 만들어 놓고는, 영광을 드러내는 듯 오색찬란한 빛은 신을 거부할 수 없는 침묵, 검지에 낀 묵주를 쉴새없이 돌릴 수밖에 없는 세계를 펼쳐 보이고 있었다. 황색에 의해 유도된 청자색 속에는 적색과 황색이 들어 있었고 청색에 가까운 주황색 속에는 청색과 적색이 들어 있었다. 녹색은 황색과 청색을 결합해 적색을 유도하고 적색은 무시무시한 공포인 밤의 어둠을 몰아내어 주는 불꽃 같았다. 하늘을 향하는 불꽃 신비스런 색채 중심으로부터 뿜어져 나오는 빛은 다양한 계층의 사람들 한 생각으로 묶어 놓고는 천 가지 만 가지 빛깔로 말을 건넸다. 살아갈 노선에 대하여 흙먼지 날리는 신작로에 대하여 오지 않는 버스를 기다리는 마음에 대하여 빛의 행동인 색깔은 들숨과 날숨같이 아주 자연스럽게 영혼을 변화시키고 있었다. 연금술 같은 힘이 작용하는 그 성당 안에서 나는 신을 거부할 수가 없어 묵주만 돌리고 있었다. 색은 색이 아니라 빛이었다.

동양화

아무것도 칠하지 않은
비백과 여백이 주인공 같은 그림입니다

흔적 없는, 아무 행위도 가하지 않은
백색 공간, 하얀 빛이
禪의 공간 무작위 공간을 드러내 밝히는
그림은 물질이고 공간은 정신 같은 동양화입니다

보여지고 감지할 수 있는 부분보다
아무것도 볼 수 없는 공간을 더 중요하게 다루는
우리 안에 조용히 자리 잡고 있는
은은한 하늘, 그 신성을 드러내 밝히는 그림입니다

그 그림에서 나는
껍데기 안에 넣을 참다운 알맹이
무지의 심연 위에 놓인 구름다리를 보았습니다

낡은 의자

내가 앉아 사무를 보던
낡고 오래된 의자를 태우며 바라봅니다
타오르는 천으로 짜여진 쿠션 어두운 부분에서
검은색 줄무늬와 흰색 줄무늬가
교차로 나타나는 것을 보았습니다
너무도 또렷해서 불꽃은 불꽃만이 아니었습니다
내 등과 엉덩이를 감싸주며 흔들리던
천의 매듭이 풀리며 색깔을 만들고 있었습니다
처음엔 상냥하고 단순한 미소를 짓더니
다음엔 눈물을 흘리더니
어둠 속으로 눈물을 감추며 타올랐습니다
부드러움, 긍정만이 생의 전부였다는 듯
불꽃으로 다가와 내 얼굴 화끈거리게 했습니다
끝까지 나를 감싸고돌며 춤을 추었습니다
나를 짓누르는 부끄러움,
그의 순진무구함을 피할 도리가 없었습니다
그가 보내는 강렬한 응시는, 내 꿈을
산 내 들 푸른 곳으로 끌고 가는 주인입니다

나뭇잎

나뭇잎은 모두가 초록에서 출발합니다
자라면서 나무별로 제각각
수많은 색깔로 살아갑니다
쉬지 않고 움직이는 몸짓
순간순간 변화하는 색깔을 바라보며
결 고운 삶의 지혜를 떠올렸고
마지막에 갈색으로 종지부를 찍는
나뭇잎 떨어진 자리에 돋아난 잎눈을 보면서
생이란 후세에 밀려나는 것이구나 생각했고
떨어진 낙엽을 밟으며
잎이 가는 갈색 길을 생각했습니다
바스락 바스락 밟히는, 쌓여가는
저물어가는 하루해가 몹시 두려웠습니다
날아오르지도 달리지도 못하는
쓸쓸한 무대같이 흩어진 낙엽을 보면서
사라져가는 갈색 잎 흔들림,
잦아지는 숨소리 빛바랜 이야기 듣는 나는
잎자루 하나에 매달린 나뭇잎같이
나부끼다 찢어집니다
하염없이 붐비는 낙엽을 밟는

비애로 질겨지고 질겨지는 내 목아지
초록 독백이 부르르 부르르 떨었습니다

단풍

예민해진 잎맥을 드러내고는 울긋불긋 다가와 제 몸 한 번 부르르 떨고는 공중제비합니다. 무성하게 살지 않고는 견딜 수 없었다는 듯 나무든 가지든 식솔의 평온을 위해, 초록만이 생의 전부였다고 어쩔 수 없었다고 먹이를 물고 드는 어미 새같이 날아갑니다.

몸을 뒤트는 삶의 무게가 내 설움같이 울그락 불그락 합니다.

어쩔 수 없이 견디던 못 견딤, 못 견딤이 절정에 오른 단풍 산을 내려옵니다. 아직도 불쌍히 여길 무엇이 남아 있는지 날아가다 떨어지고 떨어지다 날아가는 가을 산 오솔 길에서 나는, 초록으로 살기 위해 사는 것인지 내 색깔로 살기 위해 사는 것인지 알 수가 없었습니다. 단풍든 산이 아름답지만은 않았습니다.

팔당 저수지

아들을 낳았다고 자랑스럽게 기장이 짧은 저고리 앞섶 밑으로 하얀 젖통을 드러낸 곱게 쪽진 머리, 그 여인의 얼굴에 수줍게 풍기는 미소 같은 물결, 꽉 찬 만수위 안면 가득 벅찬 즐거움이 샘솟는 까닭은, 아마도 수백 수천만에게 젖꼭지를 물리는, 그렇겠다 싶은 색깔 때문입니다.

가지각색으로 빛나는 그 여인의 야릇한 눈웃음 보고 있으면, 석굴암 십일면 관음보살의 맑고 깨끗한 얼굴, 간절한 비원과 그 슬픔이 물결치는 것 같습니다 어머님과 누나들 그리고 젊은 아내들이 울고 웃는 물결, 젖꼭지를 물리고 있는 펑퍼짐한 마음 같은

흰 구름

가을 하늘에, 칼날같이 빛나는 청색 깊은 하늘에 흰 구름 한 점 떠 있습니다. 뜨거운 태양 아래 거꾸로 매달려 있기도 벌레처럼 꿈틀거리며 온몸으로 기어다니기도 외발로 서 있기도 합니다. 아슬아슬한 장면들을 아름답게 연출하고 있습니다. 놀고 있습니다.

조금도 누추하거나 비루하게 보이지 않습니다. 부질없는 근심과 걱정 지우고 지우는, 그때그때 생각을 바꾸는, 파란 연못에 핀 한 송이 연꽃 같습니다. 막연한 불안에 휩싸여 눈치를 보거나 절망하지 않는, 삶을 진정 놀이같이 즐기는, 저 흰빛

차마 발걸음 돌리지 못하고 허공에 떠 있습니다. 단풍이 든 산과 들의 공중에 불꽃 같은 잎새들 내지르는 향기같이 코끝 알싸하게 떠 있습니다. 내 안에 있지만 어느 구석에 있는지 모르는 저 흰빛

누가 보거나 말거나 놀고 있습니다.

화롯불

　박물관에 진열된 화로를 보면서 우리 집 안방 가슴 뭉클한 소리 들었습니다. 한 겨울 서리 찬 밤을 녹여내는 화롯불 옆에서 한 땀 한 땀 떠가는, 어머님의 바느질 자국마다 무슨 소망 같기도 하고, 기도 같기도 한 무지갯빛 소리는, 얼굴이 비치는 밀화 빛 장판방에 장롱 그림자 비춰놓고, 어머님의 숨결을 알뜰살뜰 고르는 이야기 오순도순 엮어내고 있었습니다. 고요의 중심에서 어둠 밝히는 달같이, 먹먹하게 담배를 피워 무는 아버님의 근심 옆에서, 늘 바느질하는 어머님 방의 창문을 동이 틀 때까지 붉게 물들이고 있었습니다. 때로는 꺼질 듯한 한숨으로 때로는 매정스런 눈물로 다독이던 화롯불, 투박한 그 질화로에는 무슨 정기 같은 것이 서려 있어 발걸음 돌리지 못하는, 내 기억의 끝에는 우리 집 구들장을 뎁히고 남은 잔불을 담아 놓고 다독다독 하는, 어머님의 따뜻한 근심 걱정이 있었습니다. 화로를 에워싸고 있는 질박한 흑 빛 속에 도란거리는 우리 집 정경입니다.

욕망

제 꼬리로 제 몸을 감고 있는
풀 속의 뱀처럼 밖에서는 눈에 보이지 않는
수많은 신음소리, 가슴 속에는
쉴새없이 색깔을 바꿔가며 무거운 짐 굴리는 자가 있다.
누구인지 알 수 없을 만큼 얼굴 시커멓게 칠하고
어느 때 어떤 색깔로 변할지 모르는
그는, 늘 소용돌이 속에서 춤을 춘다
햇빛 따듯한 즐겁고 아름다운 대기 속에 있어도
잔뜩 찌푸린 얼굴 불만 가득한 신음소리를 낸다
어느 누구 한 사람에게도 평안을 줄 수 없다는 듯
사람들 마음에 옮겨 붙은 불꽃 같아 누구나 속수무책이다
속수무책은 마음의 방향,
색깔을 변하게 하고
사유를 집어삼킨다
색조의 찬란함에 홀린 마음은
색을 거부하거나 통제할 수 없는 색깔탐닉증에 빠진다
온통 인공색으로 물들어 인공색의 꿈을 꾸게 하는
색깔로 다가오는 뱀 같은 그는
너와 나를 몰락시킬지도 모르는 영원한 내부의 타자
아니, 친구다

뭉크의 절규

째지는 소리를 지르는 노랑
멀리서 보면 뚜렷하고
가까이서 보면 눈 속으로 파고든다
진저리 날 정도로 속물 같은 슬픔,
노랗게 물든 공간은 어딘가를 향하여
중심에서 주변을 향하여
옐로카드를 내밀 듯 .
숨찬 미래를 방사한다, 경고하듯 빛난다
노란 색채 속에 빛나는 것들
내 속에 우거진 나뭇잎 사이를 술렁거리며
꽃들 속으로 바람 속으로 녹아들어간다
마음을 닫고 살아온 잔혹한 어둠
지금까지 감추어왔던 사실,
감정 하나하나를 낱낱이 드러내 밝힌다
눈을 조절할 필요도 없이 보이는
사무치는 고독, 노란 절규
강한 의지가 불안한 미래를 촛불처럼 밝힌다
빛의 따뜻함과 밝음을 원하듯 빛난다
한없이 빛나는 빛 속에서 살아가는
한없는 목숨, 한없는 빛

그림 전체가 노랗다

玄,

그럴 것이다 그럴 것이다
눈에 선한,
나를 에워싼 천년 그리움

그럴 것이다 그럴 것이다
까맣게 타버린 내 속 뜰에
구구절절 반짝이는 색깔, 색깔들 아닐까

너무 가까이 있어
가물가물한 이야기
마음을 흔드는 것이 무엇인지 말하는

아마도 아마도
그럴 것이다 말하는

베일에 감춰져 있어
알려지지 않은 채로 눈앞에 놓여 있는
색깔, 색깔들 아닐까

아마도 아마도 그럴 것이다

색깔을 벗어나지 못하는
어머니, 끝없이 둥근 마음일 것이다

파랑 치는 하늘

일손을 멈추고
밭둑 은행나무 그늘에 앉아 바라보는 파란 하늘
잊었다고 생각한 시간들
열기를 식히는 땀방울과 함께 퍼지며 흐르고
번지며 얼룩지는
파란 하늘로부터 풀려난 파랑만이
불타오르던 내 꿈을 운반하는 꿈처럼 빛납니다
색깔 내부로부터 비쳐 나오는 듯 빛은 반짝였습니다
그 빛깔 속에는
내 것이라고 믿었던 색깔 모두가 녹아 있는 것 같아
내 삶의 색깔 위로 흘러내리던 눈물 같아
오랫동안 잃어버린 아직도 믿을 수밖에 없는
내 색깔이 아니면서 내 색깔의 일부일 수밖에 없는
눈을 찌르는 듯이 반짝이는 그 빛깔 바람과 함께
황금빛 은행잎 제 그림자 속으로 떨구며 지나갑니다
올해 가을도 이렇게 은행나무 그늘에 앉아
땀방울 식히고 있는 것은
내 꿈을 운반하는 꿈이 이 저녁을 보호하는 땀방울 속에
내 것이라고 믿는 파랑이
파랑 치는 하늘을 보았기 때문입니다

새하얀 거짓말

이음새도 없이 연이어져 비어 있는 데다 가로막힌 데도
없어
  끝이 없어 보이는 하얀 색이었다

  가득 차 있을 때조차도 비어 있어 그 안에 있는 대부분
의 것들은
  거기에 속해 있지 않은 헛것이었다

  속해 있다 하더라도 곧바로 깨끗이 없어질,

  당신이 될 수 없었던 모든 것, 당신이 피할 수 없었던 모
든 것을
  떠올리게 하는 무척이나 세련된 침묵이었다

  새하얀 거짓말 내부를 채우고 있는 모든 것은 사람이
었고
  없어져야 할 것도 사람인, 그 내부는 전략적으로 비우
고 있는
  하얀 색이었다

가로막을 수도 없는, 모든 것을 되돌려주는
하얀 공간이었다

IV

섹스의 색

수컷들이 피부로 느끼는 색

섹스할 준비가 되었다고 암내를 풍기는
암컷들의 성기 주변은 선홍색이다

섹스할 준비가 되었다는 것을 얼굴로 표현할 수밖에 없
는
색조 화장을 한 여인, 두 뺨과 침이 고인 입술은 붉은 색
이다

수컷들을 끌어당기는 빨강과 분홍은
섹스와 결합할수록 보랏빛을 띤다

그래서, 홍등가 창녀촌
붉은 조명 아래 흰옷 입은
그들의 피부와 옷은 모두 분홍빛 핑크색이다

성적으로 흥분하면 음부에 액체가 고이듯
그들의 입술이 촉촉하게 빛나는 모습은
뭇 남성들을 녹여내는 붉은 색이다

그런데 만약,
인간들도 동물과 똑같이 옷을 벗고 다니고
매월 배란주기 때마다
음부에서 암내를 풍기고 선홍빛으로 치장을 한다면
아마도 아마도
사무실이나, 거리나 할 것 없이
난리판이 되지 않을까

화장술

애인이 있었다
맨 얼굴보다 화장한 얼굴이 떠오르는
언제나 섹스할 준비가 되어 있다는 듯
촉촉하게 젖은 입술
성기처럼 보이는 입 속에 침이 고인
두 뺨 홍조 띤 얼굴이 수줍어 보였다
깊은 애정을 표현하는 얼굴색은 속내를 감추고
화장은 감춤을 감추고 있었다
신비스런 화장술에는 마약 같은 선홍색 젖꼭지가 있어
매혹은 매일 새로운 문을 열었고
꿈은 언제나 악몽 언저리에 있었다
번쩍대는 색들이 그의 눈에 불을 밝힐 때마다
빛나는 젖꼭지 선홍색 뒤에는
심장을 자극해 피를 성기에 모이게 하는 붉은 색
폐를 자극해 숨을 크게 쉬게 하는 흰색
신장을 자극해 진액과 분비물을 생산 공급하는 검정색
골고루 섞어 화장을 하는 밋밋한 맨 얼굴이 있었다
무덤까지 싸가지고 가는 오장육부처럼
보여주길 원치 않는 삶의 꽃무늬, 그의 속 색깔
잘 조화된 분칠 뒤에는 하양을 넘어선 흰색이 있었다

깊이 물릴수록 아픈 젖꼭지
품위를 잃지나 않을까 걱정하는
숭고가 꿈인 듯 고상한 그는
미지의 색에 대한 두려움, 색깔 공포증이 있었다
색의 힘을 두려워한 나머지 맨 얼굴을 드러내기 시작
하는
그의 미묘한 눈속임, 색의 진실 그의 의식은
오직 나만을 사랑한다고 말할 때조차 화장에 불과한 듯
했다
그러나 화장술에 끌린 나에겐
화장술이 마약 같은 타락이었다면, 타락은
생명을 가져다주는 색이었다, 살아갈 힘을 주는

녹색 표정, 그는

늘 밝고 명랑한 웃음 속에는
한 사람에게 정착하지 못하고 떠도는,
연애 중에도 좀 더
가슴 채워줄 상대를 꿈꾸듯 기다리는
고독함이 깃든 보랏빛이 보이고
마음이 넓은 듯하나 속은 좁아 보여
어두운 기미만 보여도
가슴 철렁 가라앉는 때가 많았다
친숙하기 보다는 감정을 너무 억누른 나머지
불안한 하루는 회색빛 녹색으로 물들기 일쑤였다
그러나 생각은 깊어서 그의 표정 언제나
두려울 것이 없다는 듯
자존심을 소유한 인간을 떠올리게 하고
완벽함은 도덕적 명망을 떠올리게 하는
자만으로 기세 당당으로 선명한 녹색이다
동정과 연민은 가지만, 그의 표정은 늘
산뜻하게 말한다
마음이 허한 섹스는 그만 두는 것이 좋다

주홍빛 연애

참아내기 어려운 순간마다 다가와서는
흘낏 스쳐 지나갈 뿐 바라볼 기회를 주지 않는, 그는
매일 매일 기다리면서도 알아채지 못하고
그냥 지나치기 쉬울 만큼 기미만 보여주는 먼 산 봄빛
같다
한 발 다가서면 어김없이 한 발 물러서는
뒤로, 뒤로 항상 뒤로 물러서는 그는
늘 그랬었던 것처럼 그 모양은 물론 색깔에 이르기까지
물안개에 뜬 무지개같이
햇빛 강렬해지면 사라질 둥근 아취를 그려 보여 준다
때로는 너무 가까이 다가와 물들여 놓고는
그 속에 완전히 빠져서 멍하니 바라보는 나를 놀리듯
강렬하고도 까칠한 빛깔로 찔러대는, 그는
왜 그리 빨리 사라지고 마는지
잠시만 더 머문다면 물안개보다 더 뿌리 깊은
색다른 무지개로 풀잎에 총총 맺힐 수 있을 텐데
생명의 일부가 갈빗대 사이로 빠져 나가는 것 같은, 그는
아침 햇살 번지는 먼 마을로 사라져가는
주홍빛 연애다

그 저수지

그냥 지나치기 힘든 저수지는
오늘도 꼼짝 않고 그 자리에 있습니다
바람과 나뭇잎 그리고 물결소리
온갖 색채의 향연을 펼치고 있습니다
눈부시게 밝은 하늘에서 불타오르는 단풍나무까지
이쪽 저쪽에서 쉴새없이 모습을 바꾸는
물결은 물결과 부딪쳐 부서집니다
그 저수지를 바라보는 동안
가을을 빨갛게 물들이는
저수지에 비친 깊은 그늘에서 우러나오는
차가운 느낌,
손잡고 둑방 거닐던 그녀의 그림자같이
주변의 따뜻한 색상들과 대조를 이룹니다
가을 하늘보다 더 짙은 가을이 그늘진 곳에서
저녁노을과 어우러져 보랏빛으로 빛납니다
실제보다 더 완벽한 꿈을 꾸게 하는
그곳을 찾아갈 때마다 무참해지는 나는
찰랑대는 물결들 쏴한 외침을 들었습니다
해지는 줄 모르고 바라보는
저수지 구석구석에는 잊을 수 없는 섬광들 빛나고 있어

발길을 돌리지 못했습니다
아주 잠시였지만 아무하고나 나눌 수 없는
그 저수지 빛깔, 사랑에 푹 빠진 나는
물처럼 깊어갑니다

감자밭에서

멀리서 산비둘기 우는 소리 들립니다
생으로 이별한 부부 같은
그들의 구슬픈 응답, 감자 꽃 벌겋게 물들이는
저물 녘, 일몰은 달아올라
난 너를 지우고 싶어
난 너를 물들이고 싶어
부르면 들릴 만큼 가까운 거리에서 울고 있습니다
감자 꽃을 따낼 때마다 가슴 저미는, 그 빛깔
다가오는 것은 어둠뿐이라는 듯
원망이라도 하는 듯 휘감아 돕니다
꽃을 따내는 동안 쉬지 않고 울부짖습니다
날이 저물자 그 흐느낌
슬픔을 돌돌 말아 뿌리 쪽으로 내려 보내는
감자 잎 끝에서 은빛 광채로 빛납니다
그때마다 감자알 더욱 굵어지는 감자밭에서 나는
으스러지게 안기고 싶은 쓸쓸함
내가 이 빛 속에서는 유일한 티끌인 듯
한없이 가벼워진 멋진 황혼을 만났습니다
이파리마다 반짝이고 있는
붉디붉은 주홍 색깔이 이렇게

아름다울 수 있다는 것에 정말 놀랐습니다
아, 평생 한결같은
그런 사랑 할 수만 있다면!

낮에 뜬 달빛

속이 많이 상한 모양입니다
밥은 제때 챙겨먹고 있는지
힘든 일은 없는지
말을 건네려 해도
손을 잡으려 해도 다문 입술에는
상처가 흘리는 진물이 묻어 있어
목소리는 피로한 듯 나직해서
머리칼 위에는 나뭇잎이 바스락거리고
어두운 숲에서는 소쩍새가 웁니다
자리를 떠나지 못하는
가을 하늘 조각구름같이
쓸쓸한 강기슭 갈대 무심히 깊어가는
강물에 일렁거리는
따뜻한 손길 잃어버린 나는
밥은 제때 챙겨 먹고 있는지
힘든 일은 없는지
물어봐 주길 바라는 울음을 날개 삼아
당신에게로 흘러가는
속이 움푹 파인 낮에 뜬 달빛입니다

보랏빛 고요

어디서 꽃향기 납니다
어떤 꽃인지, 어떤 색깔인지
두리번거리며 코만 벌름거렸습니다
짙어오는 향기는
암술의 모양과 꿀샘의 위치
색깔을 연상케 하는 암내였습니다
숨막힘, 꽉찬 숨결만
풍선처럼 부풀어 올라, 안간힘으로
멈추게 했습니다
어떤 꽃이 보내는지 짐작이 가는 향기였습니다
잠결에도 손을 내저어 보았지만
도저히 말을 듣지 않는
견디지 못함을 견디는, 몸부림
뒤척이다 번쩍하고, 뜬 눈에는
아무것도 아무것도 보이지 않았습니다
꿈 같았던 날들
쌓았다 허문 날들만 삐걱거리는, 침대
침대 위에는 잊혀진 것들 모두가
사랑과 체념으로 방황하는
보라, 보랏빛으로 빛나고 있었습니다

속물 같은, 마음의 하녀 살이 같은
사랑이 엮어내는 고요
낭창낭창 뒤척이고 있었습니다

묻고 싶다

누구나 색에 기대고 산다는 것을 모르는 듯
색을 밝힌다
색기가 있다
색깔이 있다라는 말을
거침없이 말하는 그는, 내가 아는 자칭 지성인이다
색을 폄하하는 말을 아무렇치도 않게 쓰면서
그럴듯한 포즈로 시선을 모으는 그는
그의 마음을 흔드는 것이 무엇인지 말해 주는 것 같다
색에 대한 편견, 욕구불만이 있는 건 아닐까
유부녀를 임신시켜 놓고도
낙태는 네 몫이라고 저만의 어법으로 말하는
제 색깔에만 충실한 뻔뻔스러움은 아닐까
이것도 저것도 아니면, 색을 탐닉하다 취해서
모든 색깔이 불타는 불꽃으로 보이지는 않았는지 의심
스럽다
지성이라는 한 색깔 속에 빠져 있는 그는
눈 뜬 장님같이
색과 색 사이에는 헤아릴 수 없이 섬세한
차이가 있다는 것을 모르는 듯
있는 그대로의 세계를 상상하지 못한다

뭉뚱그려 말을 몰아치는
포즈가 장난이 아닌 그에게 묻고 싶다
지성을 풀어 헤치고 사물의 뿌리로 내려갈 때,
그때 보이는
색의 물결 밖에 아무것도 보이지 않는, 그것이
누구나 기대고 살아가는 색, 삶이 아닐까?

광고는 마약이다

그녀는 색깔로 다가왔다
티브이 속에서 컴퓨터 광고 속에서
마치, 흥분제처럼 다가왔다
젖가슴과 성기만을 가린
총천연색으로 다가온 그녀는
성감대를 자극하는 촉감의 세계로 끌고 갔다
천천히 춤을 추고 있는
느긋함을 연출했고
넘실거리면서 퍼져가는 색의 표면은 신경을 마비시켰다
히피족의 환각상태를 연상케 하는
끊임없이 붉게 빛나는 세계로 끌고 갔다
색은 암내를 풍기며 구애를 하고
구애는 침실에서나 사용하는 조명을 밝히고 있었다
다양한 색깔들 환락을 일으키는,
색깔 속에는
엉덩이가 가벼운 여자같이
나를 녹여낼 매력, 노골적인 끌림이 있어
마약 먹은 사람처럼 환각에 빠진 나는
나를 집어 삼키고 있는, 색으로 채워진
강력한 그녀의 눈빛을 벗어나지 못했다

순간순간마다 발가벗겨지고 있었다
주머니에서 먼지가 날 때까지 벗겨지는 나에게
순진무구한 색깔로 다가온 그녀는
마약 같은 색, 다국적 상술이었다

채도대비

초록은 동색이다
이 말을 잘못 알고 있는 사람들과
먹고 마시는 동안
초록은 동색들에 의해
한층 더 채도가 선명해졌고
동색은 더욱 더 채도가 낮아졌다

그것도 모르고
술잔을 들고 기웃거리는
동색들의 색깔 무엇이라 부르면 좋을까?
생각을 하다가 하다가……

생각을 빠져나온 나는
제 색깔 선명하게 드러내는
밤하늘 별빛 헤아리고 헤아렸다
집으로 돌아가는 길
흘낏흘낏 쳐다보는 사람들까지
내게 수치감을 안겨주었다

걸음을 재촉하는 한 생각

거리낄 게 없다는 듯이
밤하늘 반짝반짝 빛나는
내 색깔 찾아 집으로 가는, 나는

고추밭에서

가지가 째질 듯 탐스럽게 달렸습니다
매일같이 곁순을 쳐주고 가꾼 보람입니다

한껏 어우러진 고추밭
어제의 내가 생각나, 나도 모르게
일손을 멈추고 바라봅니다

나의 곁순을 쳐주며 사랑하던,
잊고 살았던 그분들이 생각나
흐르는 땀방울도 잊은 채 몽롱했습니다

그동안 모르는 채 살았던
햇살들 찔러대는 따끔한 가을
아, 하고 그분들을 불러봅니다

탐스럽게 자란 나를 기다리는
그분들이 있다는 것을,
손길이 닿을 때마다 수줍은 듯 얼굴 붉히며
빨갛게 익어가는 고추밭에서 알았습니다

색깔 앞에서

자연의 색깔을 바라보면,
색깔은 사물의 본질이 아니란 생각이 든다
벽에 걸린 할머니 초상화는
할머니가 아닌 할머니의 영상이듯
식물의 색깔은 생명의 영상이고
사람들 피부의 색채는 혼의 영상이고 영의 영상이며
죽음의 영상, 마음이란 생각이 든다
눈앞에 나타나는 색깔 속에는 무엇인가의 영상이 있고
빛나는 색채 속에는 사물들 성격의 상이 있어
나를 둘러싸고 있는 주위의 세계는
빛의 작용인 색깔과 색채로 감지할 수밖에 없다는
생각이 든다

사물도 아니고 사람도 아닌 색채
살아 있는 것들의 생생한 이야기
항상 무엇인가를 체험하는 생명과
육체 속에 있는 마음의 영상을 색깔로 보여주는
말하지 않아도 그 삶을 알 수 있는
태양에 의해 화려하게 빛나는 색깔

그 앞에 서면,
색깔은 끊임없이 유동하는 생명이란 생각이 들고
살아 숨쉬는 색채는
정신을 앞세운 예술적인 삶을 살고 있는 것 같다
환하게 빛나는 빛, 스스로 빛나는 것처럼 보이는 그들
의 언어는
길 잃은 우리의 모든 언어들에게
무엇인가를 암시하는 것 같고
정신의 저편으로 끌고 간다는 생각이 든다

그 막춤 속에는

　가을, 나뭇잎은 막춤을 춥니다. 울긋불긋 광기 같은 막춤, 가을이면 어디서나 볼 수 있는 풍경입니다. 무엇이 가을만 되면 나뭇잎을 빨갛고 노랗게 흔들어 대는 것일까? 말라가는 잎자루 하나에 목매단 나뭇잎, 타들어가는 숨막힘 속에는 살아남기 위한 어떤 공포가 소용돌이치듯 들끓고 있는 것 같습니다. 나무의 냉정한 칼질, 광기를 불러내고 있는 듯 빨갛고 노랗게 만장같이, 마지막 가는 길을 춤추고 있는 듯 여름 한 철 왕성했던 활동을 멈추고 발광하듯 춤을 추고 있습니다.

　가을, 기온은 내려가고 건조해진 하늘은 오랜 세월 전해 내려오는 공포의 비밀을 말하듯 눈앞에서 또는 아주 먼 곳에서 노랑에서 빨강까지 갖가지 색깔의 풍경으로 보여줍니다. 나무가 살아가는 방편, 생명의 본질이 그렇지 않겠나 싶은 색채입니다. 그 색채는 산 넘고 물 건너가는 나뭇잎, 울컥울컥 뱉어내는 비장함. 울혈 같은 색깔을 성스런 불꽃같이 치장하고는 생명의 승화 같은 막춤을 추게 합니다. 그 광기 같은 막춤 속에 숨어 있는 생과 사의 비밀, 하늘은 마음의 확장, 적막 같은 독경을 읊어 대고 있습니다.

무지개는

비 그친 산과 들 새순이 산뜻하다
그리고 거리는
살랑대는 햇살로 헐떡이며 배꼽을 흔들어댄다

무성한 풀들로 꽃들로 제 가슴 두드리는
고래가 내뿜는 가파른 숨결 속에
바닥을 치는 폭포 낙차 속에 뜨는 무지개, 노래한다

아리 아리 스리 스리 넘어간다
산천초목은 푸르러가고 청춘은 늙어가는데
내 갈 길은 천 리 석양만 저물어간다
저 고개만 넘으면, 저 고개만 넘으면
아리 아리
스리 스리 아리랑 고개로 넘어간다

가도 가도 끝없는 고갯마루 걸터앉은
일곱 선녀, 엉덩이 빛깔이 끌어당기는 고갯길
유치 찬란하고도 험한 길
눈물도 이리다오 한 숨도 이리다오
으스름 하룻밤 술집에 던지고

잔 속에 단꿈 실어 마셔라,
그리고 불러라, 노래를 불러라
아리 아리 술잔에 굽이치는 물결
아리랑 고개를 넘어가라 한다

땅내를 맡은 것들만이 누리는 봄기운 시름하듯
밤에도 뜨는 무지개, 꿈속의 무지개
상상력은 천태만상의 얼굴, 별들로 다가와
잔인하리 만큼 창백하다

피를 빨아먹는 그들이 자기 자신인 그 고갯길
꼴망태 둘러 멘 아이 소 몰고 오는 논둑길만 구성진데
물결은 춤을 추고,
그 춤사위에는 사랑이 피고 진다
아리랑 쓰리랑
아리랑 넘는 길 몇만 리던가
꿈에나 넘을, 개들이 짖어대는 나그네 길

아리랑 고개엔 장례 행렬 지나가는 슬픔이 보이고
쓰리랑 고개엔 찢어진 가슴

꿰메는 은빛 바늘 고통이 보인다

잘 가세요 잘 있어요
골골마다 살아 있는 산소리, 들소리, 강소리, 바닷소리
무르녹은 가지가지는 봄빛
아리 아리 스리 스리 아리랑 고개를 넘어간다

산들산들 부는 바람
응―응―응응……
구성진 콧노래, 골골마다 집집마다 연분홍 치맛자락이듯
구름을 배경으로 뜬다

가라앉은 욕망과 타오르는 색깔

김종훈(문학평론가)

박종국의 『새하얀 거짓말』에서 색은 말의 처음에서 의미를 산란하기도 하며 마지막에서 흩어져 있던 의미를 모으기도 한다. 그것은 지각 대상의 역할을 맡기도 하고 때로는 인식 작용의 역할을 맡기도 한다. 하나이면서 동시에 모든 것인 색은, 그의 시집에서 삶 전체를 유비하기도 하고 없어도 될 것 같은 첨언이 되기도 한다. 가령 「묻고 싶다」의 "색의 물결 밖에 아무것도 보이지 않는, 그것이/ 누구나 기대고 살아가는 색, 삶이 아닐까?"는 색과 삶이 직접 동일시된 구절이다. 「그의 열 손가락」의 "파란 하늘이 무너지기만을 바라는 악매인 색깔이었습니다"는 "악매인 색깔"이 있기 때문에 읽기가 버거운 구절이다. 그는 부자연스러움을 무릅쓰고 이 말을 기어코 집어넣어 색으로 "그"의 모습을 갈무리하고자 한다.

삶의 전부를 아우르고 있다는 점에서도, 문맥의 부자연스러움을 무릅쓰며 의미를 종합하고 있다는 점에서도, 색은 이번 시집을 관통하는 시어라고 할 수 있다. 물론 이 점이 박종국 시의 개성을 보증한다고 말하기는 어렵다. 삶을 유비하며 시집을 관통하는 이미지는 다른 많은 시집에서 찾을 수 있다. 그 이미지가 '색'이기 때문에 이를 박종국의 개성으로 파악할 수도 있을 것이다. 이 경우 색은 삶을 대변하는 다른 대상들과 같은 층위에 놓이게 되면서 그것이 지닌 개성의 자리가 매우 협소해진다. 박종국 시의 개성은, 색이 삶으로 환원되는 것이 아니라, 오히려 삶이 색으로 수렴되고 있다는 점에서 찾을 수 있다. 그는 '색은 삶이다'라고 말하지 않고 '삶이 색이다'라고 말한다. 하지만 이와 같은 말은, 박종국을 삶을 예술과 동일시하려는 낭만주의자, 더 나아가 예술지상주의자와 견주게 한다.

시집에서 색은 각각 개별성을 띠기도 하고 뭉뚱그려져 보편적인 성격을 띠기도 한다. 색의 고유한 속성을 규정할 때의 모습은 칸딘스키와 닮았다. 칸딘스키는 가능성 이전의 침묵을 흰색이라고 하고 가능성 이후의 침묵을 검정색이라고 했으며 육체적인 삶을 노란색이라고 하고 정신적인 삶을 푸른색이라고 했다. 박종국은 하양이 불안이나 절망 없는 즐거움의 색이며(「흰 구름」), 빨강과 분홍은 유혹과 욕망을 대변하는 색이며(「섹스의 색」, 「분홍빛 연애」), 초록은 기세등등한 젊음을 상징하는 색이라고(「녹색 표정, 그는」) 보았다. 초록에 대해서는 조금 더 부연이

필요하다. 농사일을 시작한 그의 둘레 세계에는 초록이 가득하다. 그는 자신의 청춘이 지났다고 생각하는 시점에 초록의 세계에 진입했다. 초록은 그에게 젊음이면서 동시에 늙음이다.

그는 삶 전체를 유비하는 색깔로 '어떤 색'이 아닌 '전체 색'을 골랐다. 모든 색의 합은 검정이지만 그는 '검정' 대신 '색 그 자체'를 택한 것이다. 그런데 검정의 시간뿐만 아니라 그는 색 그 자체의 시간도 체험해 보았다고 할 수 없다. 그는 아직 색의 시간을 살고 있기 때문에 모든 가능성이 사라진 검정에 도달하지도 않았으며, 또한 그 때문에 그 색을 굽어볼 위치에 있지도 않다. 그러므로 색 자체의 시간은 체험이 아니라 생각에 의해 조성된 것이다. 그의 몸은 삶 속에 포함되어 있으나 그의 생각은 삶을 개괄하고 있다. 이 둘은 긴장 관계에 놓이게 된다. 매 순간 변화하는 삶은 생각을 고정되지 않도록 하며 반대로 한 곳에 정착하려는 생각은 삶을 부유하지 않도록 한다. 이 긴장은 그를 사고의 고공비행자의 모습에서 비켜나게 한다.

속수무책은 마음의 방향,

색깔을 변하게 하고

사유를 집어삼킨다

색조의 찬란함에 홀린 마음은

색을 거부하거나 통제할 수 없는 색깔탐닉증에 빠진다

온통 인공색으로 물들어 인공색의 꿈을 꾸게 하는

　　색깔로 다가오는 뱀 같은 그는

　　너와 나를 몰락시킬지도 모르는 영원한 내부의 타자

　　아니, 친구다

—「욕망」 부분

그는 시의 제목으로 둔 "욕망"을 "내부의 타자"이면서 동시에 "친구"라고 했다. 둘 사이에 "아니"를 넣어 타자를 부정하며 친구를 긍정하는 표식을 달고 있으나, 이 모두를 말했다는 것을 염두에 둔다면 "타자"를 완전히 부정했다고 보기는 어렵다. 타자는 압도된 자아를 드러내지만 친구는 이해하는 자아를 드러낸다. 이해하지 못할 타자와 이해할 수 있는 친구가 같이 지칭하는 것은 "그"이면서 동시에 "마음"이다. 정확하게 말하면 그것은 "마음의 방향"이며 더 정확하게 말하면 "찬란함에 홀린 마음"이다. 여기에서 알 수 있는 것은 욕망이 마음의 전부를 대변하기보다는 마음의 방향을 지칭하고 있으며, 그 중에서도 특정 대상을 향한 마음의 방향을 가리킨다는 것이다. 그는 한때 욕망에 압도되었으나 이제 그것을 이해하려 한다. "속수무책"은 그렇게 나왔다.

"색깔"과 "사유" 둘 다 특정한 욕망이 만든 것임을 그는 안다. 특정한 마음이 "색깔을 변하게 하고" "사유를 집어삼"켰다고 했기 때문이다. 그런데 이 욕망을 바라보는 그의 태도는 이중적이다. "색깔탐닉증"이라는 말로 그는 우선 그 욕망의 비정상성을 드러낸다. 삶을 도외시하고 색깔에 함몰된 상태를 그는 증상으로 본 것인데, 이 점에서 그는 예술지상주의자가 아니다. 한편 그것이 증상으로 나타났다는 점도 중요하다. 그 안에는 파국을 막아내려는 자아의 안간힘이 들어 있다. 그에게 색과 사유 그리고 욕망은 최선의 것이 아니라 더 나쁜 결과를 막는 차선의 것이다. 그 차선의 것을 감내하면서 삶은 지속된다. 욕망은 늘 불완전하며 그 불완전함으로 색과 사유와 삶은 변화한다. 변화를 두려워할 때 욕망은 타자가 되며 그 변화를 감내할 때 그것은 친구가 된다.

색에 대해 일반론을 펼치는 박종국의 시는 대개 이와 같은 이중적인 태도를 보인다. 「색은」에서 그것은 "생명 공간의 작용"이라고 규정되지만, 그 명확한 규정은 "마치 꿈 같고 환상 같아 잡히지 않는 마음 같다" "한꺼번에 말하는 끝없이 아름다운 비밀"이라는 모호하고 불확실한 비유를 얻는다. 「색채」에서 그것은 "우리의 배경이다"라는 명확하게 표현되지만, "색깔이 둘레로부터 자유로워지기 위해/몸부림치는 이야기"라는 비유를 얻는다. 단호한 어조로 색을 규정하고 있으나, 그 밑에는 균열이 나 있다.

완전하되 불완전하고 구속되었으되 자유롭고 고정되었으되 변화하는 이 색의 세계는 절대의 세계이면서 동시에 상대적인 세계이다. 욕망을 버리지 못하는 삶을 살기 때문에 색은 개인에게 절대적인 세계이면서 동시에 그 욕망이 삶의 전부가 아니라는 것을 지각하기 때문에 그것은 상대적인 세계이다. 이때의 상대성은 삶과 색을 견주거나 색과 욕망을 견주는 곳에서만 드러나지 않는다. 색과 직접 관련한 것, 가령 빛과 관련하여 그 색의 상대성은 도드라진다.

스테인드 글라스를 통해 색으로 바뀐 빛은 신의 영성 그
자체였다. 성당을 하느님 집으로 만들어 놓고는, 영광을 드
러내는 듯 오색찬란한 빛은 신을 거부할 수 없는 침묵, 검지
에 낀 묵주를 쉴새없이 돌릴 수밖에 없는 세계를 펼쳐 보이
고 있었다. 황색에 의해 유도된 청자색 속에는 적색과 황색
이 들어 있었고 청색에 가까운 주황색 속에는 청색과 적색
이 들어 있었다. 녹색은 황색과 청색을 결합해 적색을 유도
하고 적색은 무시무시한 공포인 밤의 어둠을 몰아내어 주
는 불꽃 같았다. 하늘을 향하는 불꽃 신비스런 색채 중심으
로부터 뿜어져 나오는 빛은 다양한 계층의 사람들 한 생각
으로 묶어 놓고는 천 가지 만 가지 빛깔로 말을 건넸다. 살
아갈 노선에 대하여 흙먼지 날리는 신작로에 대하여 오지
않는 버스를 기다리는 마음에 대하여 빛의 행동인 색깔은
들숨과 날숨같이 아주 자연스럽게 영혼을 변화시키고 있었
다. 연금술 같은 힘이 작용하는 그 성당 안에서 나는 신을
거부할 수가 없어 묵주만 돌리고 있었다. 색은 색이 아니라
빛이었다.

—「성당에서」 전문

"색은 색이 아니라 빛이었다"라는 말에는 새로운 인식
이 담겨 있다. 그는 색과 빛을 엄밀히 구분했었다. 가령
「색깔 앞에서」에서 빛은 "정신의 저편으로 이끌고" 가는
것이며, 이에 반해 색은 "사물의 본질이 아"닌 것이었다.

또한 그는 주위의 세계를 "빛의 작용인 색깔과 색채로 감지할 수밖에 없다"고 하기도 했다. 여기에서 확인할 수 있는 것은 이데아로서의 빛과 감각 대상으로서의 색의 구분이다. 그러나 「성당에서」의 저 말에는 그 구분이 없다. 그는 지금 빛과 색을 구분할 수 없는 스테인드 글라스가 비치는 성당에 있다. 신비로운 분위기 속에서 그는 오묘한 빛과 색을 자신이 이해할 수 있는 범주로 받아들이고 있다. 청자색에서 적색과 황색을, 청색에 가까운 주황색에서 청색과 적색을 발견하려는 그의 시선은 신성을 이해하려는 인간의 한계를 환기한다. 인간의 한계는 시의 마지막에 직접 나타난다. 그는 "연금술 같은 힘이 작용하는 그 성당 안에서 나는 신을 거부할 수가 없어 묵주만 돌리고 있었다"고 토로한다.

영성과 이성의 차이를 인식하고 그것을 확실히 구분하는 순간, 역설적으로 색과 빛의 경계는 지워진다. 그동안 영성의 위치에 있었던 빛 역시 인간의 인식 영역에 배치되기 때문이다. 하지만 빛과 색이 동일한 층위에 놓여 있기 때문에 위계 자체가 지워졌다고 보기는 어렵다. 지금 이곳은 성당이다. 빛의 자리에 영성이 대신 들어섰을 뿐이다. 그의 묵주는 빛과 색을 대변하고 있으며 그 위에 "거부할 수 없는 신"이 있다.

성당과 같이 특수한 곳이 아니라면 색의 범주 위에는 예전처럼 그 색을 드러내는 본성의 자리가 마련되어 있었을 것이다. 그것은 때로는 "빛깔처럼 만질 수도 표현할 수도 없는/그런 것이 끓는다, 앓고 있어 아파하는/그 격랑 위에 뜨는 무지개"(「빛깔이 정경이다」)에서처럼 삶의 격랑 위에 있는 무지갯빛으로 표현되기도 하고, "그림은 물질이고 공간은 정신 같은 동양화입니다"(「동양화」)에서처럼 정신의 뜻이 담긴 여백으로 표현되기도 한다. 이와 같은 구분은 색을 삶의 전부가 아닌 일부로 여기게 하는 동시에 삶을 배경으로 색을 도드라지게 한다. 그는 색의 세계에 함몰되지 않지만 그렇다고 그 세계를 부정하지도 않는다. 그는 이중의 시선을 통해 현재 자신이 놓여 있는 삶의 순간을 긍정한다.

내가 앉아 사무를 보던

낡고 오래된 의자를 태우며 바라봅니다

타오르는 천으로 짜여진 쿠션 어두운 부분에서

검은색 줄무늬와 흰색 줄무늬가

교차로 나타나는 것을 보았습니다

너무도 또렷해서 불꽃은 불꽃만이 아니었습니다

내 등과 엉덩이를 감싸주며 흔들리던

천의 매듭이 풀리며 색깔을 만들고 있었습니다

처음엔 상냥하고 단순한 미소를 짓더니

다음엔 눈물을 흘리더니

어둠 속으로 눈물을 감추며 타올랐습니다

부드러움, 긍정만이 생의 전부였다는 듯

불꽃으로 다가와 내 얼굴 화끈거리게 했습니다

끝까지 나를 감싸고 돌며 춤을 추었습니다

나를 짓누르는 부끄러움,

그의 순진무구함을 피할 도리가 없었습니다
그가 보내는 강열한 응시는, 내 꿈을
산 내 들 푸른 곳으로 끌고 가는 주인입니다
—「낡은 의자」 전문

　사라지는 것은 그와 오랫동안 함께 했던 낡은 의자이고 나타나는 것은 의자가 타면서 일어나는 불꽃이다. "천의 매듭이 풀리며 색깔을 만들고 있었"다는 진술은 사라짐과 나타남이 교차하는 순간을 포착하고 있다. 그것은 지나온 삶의 욕망과 엉킨 천의 사라짐이며, 동시에 지금 이 순간 타오르는 불꽃의 나타남이다. 불꽃과 색깔을 포착한 그에게 욕망의 사라짐은 절대적인 공허를 뜻하지 않는다. 천의 매듭이 풀리자 "상냥하고 단순한 미소"가 나타나고 "부드러움, 긍정만이 생의 전부"라는 깨달음이 생겨났다. 그가 색깔에 집중하는 까닭이 여기에 있다. 욕망의 시기를 지나쳤다고 해서 그는 허무하다고 생각하지 않는다. 오히려 그는 현재가 과거를 "부드럽게" 감싸 안고 있다고 느낀다. 현재는 "긍정"의 시간인 것이다. 이 긍정적인 시각은 지난날에 대한 회환에 휩싸였던 그에게 "부끄러움"을 주는 한편 다시 꿈을 꿀 수 있는 권리와 "푸른 곳"을 조성할 수 있는 여력을 준다. 그에게 색깔은 머무름이면서 동시에 벗어남이다. 그의 의식은 색깔에 의해 관념의 세계로 떠나가지 않으며 또한 과거의 세계에 머물지 않는다. 그는 현재 내딛는 한 걸음마다 솟아오르는 색을 맞이하고 있다. 지금 이 순간에 대한 이 부드러운 긍정으로 그

109

는 "푸른 곳"을 꿈꿀 수 있게 되었다.

이와 같은 긍정적인 시선은 그가 새로 시작한 농사일에서 구체적으로 확인할 수 있다. 마치 가장 먼 여행은 귀향이라는 말을 실천하듯 그는 농사일을 시작했다. 그는 여기에서 "꽃을 따내는 슬픔은 약이 된다는 것을" "육십이 넘어 농사를 지으며"(「감자」) 알았고, "농사일을 하다"가 가쁜 호흡이 "소용돌이치는 어둠을 색깔로 하나하나 보여주"(「쓸쓸히 웃는다」)는 느낌을 가지기도 한다. 그가 새로운 인식의 원동력으로 삼고 있는 농사일은 그에게 귀향이자 여행이다. 녹색은 그에게 안식의 색이자 생성의 색이다.

새로운 오늘의 색에 집중할 때 어제는 퇴색한 것으로 인식되기 마련이다. 삶을 색으로 인식하면서 현재는 조명을 받지만 기억은 소외될 가능성이 높은 것이다. 「낡은 의자」에서 불꽃으로 타오르는 매듭은 기억의 매듭이기도 하다. 실제로 박종국의 시에서 회상이라고 부를 만한 것들을 찾기가 어렵다. 영화로운 삶이 지났다고 느낄 때 그는 남루할 수도 있는 지금 이 시간의 색깔에 주목한다. 지나온 시간이 편향된 욕망으로 점철되었다고 가정했을 때 그는 미련 없이 그 욕망이 가라앉은 현재를 주목한다. 어머니는 그 점에서 예외적인 존재이다. 어머니는 과거의 대상들 중 유일하게 빛난다. 그의 시에서 어머니를 칠한 특정한 색은 없다. 색깔은 시시각각 변하여 현전하지만 어머니는 변하지 않으면서 과거를 보존하기 때문이다.

그럴 것이다 그럴 것이다
눈에 선한,
나를 에워싼 천년 그리움

그럴 것이다 그럴 것이다
까맣게 타버린 내 속 뜰에
구구절절 반짝이는 색깔, 색깔들 아닐까

(…중략…)

아마도 아마도 그럴 것이다
색깔을 벗어나지 못하는
어머니, 끝없이 둥근 마음일 것이다

—「玄」 부분

걸레질로 닦고 또 닦던 대청마루같이
어릴 적 무릎 베고 누워 꿈꾸던 그 대청마루같이
어머니의 그림자는

글썽이다 사무치고
사무치다 글썽이는
절절한 색이었습니다

—「어머니의 그림자」 부분

어머니는 그가 마련한 생각의 틀에 완강히 저항한다.

III

그는 집착에서 빠져나온 현재를 긍정하고 과거의 기억들을 가라앉히기 위해 색에 집중했다. 그와 같은 기제 속에서 과거는 평평해지며 정돈된다. 이때 과거는 흡사 부드러운 재와 같아진다. 그러나 잿빛 과거는 어머니를 돋보이게 하는 배경 역할을 하는 것 같기도 하다. 첫째 시의 제목에서 확인할 수 있듯이 검정[흑]으로 마무리하지 못하고 그 옆에 쉼표[,]를 찍어 과거에 미련을 보이는 것도 그리움의 대상인 어머니 때문이며, 어머니를 특정한 색으로 규정하지 못하고 그 그림자만이라도 포착하려는 시도가 둘째 시 「어머니의 그림자」에 보이는 것도 그 때문이다.

「흑,」에는 과거를 묻으려는 시인의 의도가 잘 드러나 있다. 그는 "아마도 그럴 것이다"를 반복하며 긍정의 태도로 과거의 모든 것을 정리하려 한다. 하지만 어머니는 그러한 시인의 의도를 배반한다. 어머니는 특정한 색으로 규정되지 않은 채 "반짝이는 색깔"로 그 자리에 있다. 색깔을 입히려는 그와 거기에 저항하는 어머니의 긴장은 결국 그가 지닌 인식의 폭을 넓힌다. "끝없이 둥근 마음"은 그래서 어머니의 마음이면서 동시에 이와 같은 어긋남을 인정하는 시인의 마음인 것이다.

「어머니의 그림자」에서는 색으로 포착할 수 없는 어머니의 모습이 그려져 있다. 현재를 주목하기 위해 마련된 그의 색칠은 욕망이 스러지는 현재를 다잡기 위해 마련된 것이다. 어머니는 기억의 생생함으로 그와 같은 상태에 놓여 있는 그를 육박한다. 색과 어머니의 갈등은 시에서 어머니가 아닌 어머니의 '그림'자'를 비추게 하는 한편,

특정한 색을 드러내기 보다는 "글썽이다 사무치고/사무치다 글썽이는/절절한 색"으로 마무리하도록 이끈다. 어머니는 시간의 순서를 어지럽히고 방향을 역전시키는 존재이다. 기억이 차곡차곡 정리된 대표적인 장소인 박물관에서도 어머니는 그의 유년을 떠올리게 하며 시간의 순서를 흩뜨려 놓는다(「화롯불」). 어머니와 색깔은 이처럼 다른 방향에서 박종국이 집중하는 현재의 시간을 두텁게 한다. 색은 원숙한 시간을 파국의 앞 시기가 아니라 변화의 한 국면으로 파악하도록 이끌고 어머니는 그 시간을 처음의 반대가 아니라 처음이 포함된 시간으로 여기도록 유도한다.

이음새도 없이 연이어져 비어 있는 데다 가로막힌 데도 없어
　끝이 없어 보이는 하얀 색이었다

　가득 차 있을 때조차도 비어 있어 그 안에 있는 대부분의 것들은
　거기에 속해 있지 않은 헛것이었다

　속해 있다 하더라도 곧바로 깨끗이 없어질,

　당신이 될 수 없었던 모든 것, 당신이 피할 수 없었던 모든 것을
　떠올리게 하는 무척이나 세련된 침묵이었다

　　새하얀 거짓말 내부를 채우고 있는 모든 것은 사람이었
고
　　없어져야 할 것도 사람인, 그 내부는 전략적으로 비우고
있는
　　하얀 색이었다

　　가로 막을 수도 없는, 모든 것을 되돌려주는
　　하얀 공간이었다

—「새하얀 거짓말」 전문

　　과거를 정돈하고자 마련한 재, 욕망이 사그라지고 남은 재는 하얀색일까 검정색일까. 다시 칸딘스키로 돌아가자. 그것은 모든 가능성을 머금은 침묵일까, 아니면 어떤 가능성도 없는 침묵일까. 1연의 "이음새도 없이 연이어져 비어 있는 데다 가로막힌 데도 없어"는 굴곡이 없는 매끈한 상태를 가리키는 것 같은데, 이때의 굴곡은 사라진 것일까 아니면 생기기 전의 것일까. 그는 욕망이 성취한 것들과 욕망이 성취하지 않은 모든 것들을 모아 "세련된 침묵"이라고 했다. 과거형 서술어들은 이 침묵을 욕망이 가라앉은 침묵과 연관시키도록 유도한다. 또한 문맥상 "거짓말"은 한때 일어났으나 곧 가라앉을 욕망을 뜻한다. 그렇다면 그 침묵은 검정색이 적절할 듯하다. 하지만 그는 이를 "전략적으로" 하얗게 칠했고 다시 거짓말이라고 했다. 두 번 뒤틀려 있는 '새하얀 거짓말'의 참뜻을 헤아린

다고 해서 저 세련된 침묵이 원점으로 돌아가 모든 가능성을 머금은 하얀 침묵을 뜻하지도 않는 것 같다. 그렇다면 그것은 이미 끝난 곳에서 다시 시작하는 하양이며, 평평한 기억 속에 채색된 "그리움" 아닐까. 새하얀 거짓말은 앞으로 찾아올 검은 진실을 강조하기 위해 쓰인 허무의 공간이 아니라 이제 막 새로운 색깔을 칠하기 전의 가능성으로 충만한 공간이다. 지금 그의 눈은 그 흰 바탕을 바라보고 있으며 그의 손에는 붓 하나가 쥐어져 있다.